DISCOURS

PRONONCÉ PAR LE

R. P. DULONG DE ROSNAY

De l'Ordre des Maristes

LE 19 MARS 1874

EN L'ÉGLISE SAINT-EUSTACHE DE PARIS

EN FAVEUR DE LA

Caisse des Écoles du 2ᵉ Arrondissement

DE PARIS

PARIS

IMPRIMERIE FÉLIX MALTESTE ET Cⁱᵉ,

RUE DES DEUX-PORTES-SAINT-SAUVEUR, 22

—

1874

DISCOURS

PRONONCÉ PAR LE

R. P. DULONG DE ROSNAY

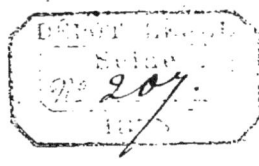

De l'Ordre des Maristes

LE 19 MARS 1874

EN L'ÉGLISE SAINT-EUSTACHE DE PARIS

EN FAVEUR DE LA

Caisse des Écoles du 2e Arrondissement

DE PARIS

PARIS

IMPRIMERIE FÉLIX MALTESTE ET Cie,

RUE DES DEUX-PORTES-SAINT-SAUVEUR, 22

—

1874

DISCOURS

PRONONCÉ

Par le Révérend Père DULONG DE ROSNAY

Monseigneur,

Messieurs,

Il n'est peut-être pas de question plus intéressante et plus capitale, à cette heure difficile de notre histoire, que la question des écoles. Il s'agit, en effet, pour nous, de régénérer notre caractère, de lui communiquer une trempe nouvelle, de nous faire une âme plus grande, en la munissant d'une volonté plus énergique. Mais caractère, grandeur d'âme, énergie, tout cela dépend d'une intelligence mieux élevée et plus instruite.

Voulez-vous préparer, pour l'avenir, des générations nouvelles qui apporteront au pays des éléments sérieux de travail, de courage, de discipline et de prospérité ? Voulez-vous faire disparaître certaines défaillances qui pourraient appauvrir notre race et nous conduire à la ruine? Appliquez l'enfant à une formation plus intelligente et plus austère. Qu'un soleil plus éclatant et plus chaud éclaire de ses rayons ces jeunes intelligences; qu'il jette, sur ces fronts si purs, les traits d'une noblesse rajeunie. Réveillez en leur nature, par l'action puissante de l'école, ces vieux germes de vie et de vertu que notre sang national contient encore. En un mot, faites pour l'enfance ce que l'on fait pour les plantes dont la séve finit par s'appauvrir. Veut-on les régénérer, leur rendre la vigueur primitive de leur espèce? On prend les jeunes rejetons, on les soumet à une nourriture substantielle qu'ils puisent dans une terre plus riche et sous un soleil plus généreux.

C'est là, Messieurs, ce que vous avez si admirablement bien compris. Grâce à une haute intelligence des besoins de l'époque et de la nombreuse population de ce quartier de Paris; grâce à un dévouement aussi chrétien que français, le bienfait incomparable de l'instruction atteindra les enfants les plus déshérités, et, sous une sage et paternelle administration, chacune de ces petites plantes recevra sa part de nourriture et de lumière.

Ces deux pains si nécessaires à la vie, le pain qui fait le sang des veines et le pain de l'intelligence, seront distribués à tous.

Je prie le Ciel de bénir les âmes généreuses qui vont s'associer aujourd'hui à cette grande œuvre destinée à former des hommes, des Français et des chrétiens.

Permettez-moi, Messieurs, de vous rappeler, dans ce discours, que tout ce qui touche à l'école est d'une importance extrême et doit porter un caractère religieux.

I

L'une des causes qui divisent le plus profondément un peuple, qui le gênent dans la marche de ses destinées et le poussent fatalement à la décadence, c'est l'ignorance.

Rien ne l'éloigne de la vérité religieuse, de l'ordre social, comme ce mal qui abaisse et déshonore l'humanité. Tout se détruit en elle, lorsque l'intelligence, ce sommet de l'être humain, comme parle saint Thomas, disparaît dans les brouillards de l'ignorance, du préjugé et de la superstition.

On ne croit pas longtemps, lorsqu'on ignore ce que l'on doit connaître. Et l'histoire le racontera toujours : un peuple qui veut être libre et fort, doit croire, et pour croire il doit écouter et s'instruire : *Fides ex auditu :* la foi vient de l'enseignement.

Donc, diffusion de la vérité, instruction pour tous.

C'est une erreur étrange de penser que l'Église refuse de souscrire à ce grand programme et de

comprendre toute son importance. L'instruction
pour tous : ce mot est éminemment chrétien. Le
Christianisme a fait plus que de la proclamer, il l'a
mise en pratique au prix d'un dévouement que la
justice la plus élémentaire devrait faire recon-
naître.

L'antiquité regardait la culture intellectuelle
comme un privilége réservé à la classe des heureux
de ce monde. Elle achetait les jouissances esthé-
tiques de quelques-uns, souvent par les larmes, les
sueurs et le sang d'une race déshéritée. Aussi n'au-
rait-elle rien compris à une philosophie nouvelle qui
eût exigé l'instruction pour tous. Il fallait qu'une
bouche divine prononçât cette parole si universelle
et si libérale, la vraie formule de l'enseignement po-
pulaire : Allez et enseignez les nations... L'Évangile est annoncé aux pauvres et aux petits... Alors,
le monde comprit que la vérité ne peut pas être le
privilége d'une classe favorisée, mais qu'elle est
le pain de toutes les intelligences.

Quand on pense au désordre que l'ignorance
a toujours engendré, et qu'on entend l'Évangile
prêcher avec une si haute autorité l'instruction
pour tous, on sent bien qu'il y a, au fond de cette
grave question, un intérêt capable de préoccuper
la Providence elle-même, un intérêt qui touche à
ce qu'il y a de plus profond et de plus sacré dans
la nature humaine.

En effet, il s'agit d'une de ces lois inscrites au
fond de notre âme, d'une de ces lois dont la vio-

lation a toujours provoqué des désastres et dont
la restauration appartient au Christianisme, comme
le fruit à l'arbre qui le porte.

L'intelligence de l'homme a faim. C'est une
puissance qui appelle de tous ses efforts la vérité.
Dieu l'a formée avec ces nobles besoins, et si,
dans l'oubli d'elle-même, elle s'endort un jour,
sans révolte et sans murmure, dans les ténèbres
du vide ou de la confusion, c'est un sommeil ma-
ladif. Il y aura des secousses terribles, et l'homme
ne se réveillera plus que barbare.

Pourquoi? Parce que ce besoin d'apprendre est
inhérent à notre âme et qu'il ressort de notre cons-
titution. De sorte que l'homme, peuple ou individu,
ne saurait longtemps grandir et prospérer sous
l'influence d'une liberté sage et puissante, si cette
loi primitive n'est ni comprise ni respectée. Écou-
tez l'Écriture : l'homme ne vit pas seulement de
pain, mais de la parole qui descend des lèvres de
Dieu.

De là, Messieurs, un grand devoir pour les classes instruites et capables de diriger. C'est à elles
que, dans une certaine mesure, on peut répéter :
Allez et enseignez. L'immense bienfait, cette sorte
de prédestination bienheureuse qu'on appelle
l'éducation et le savoir, ne peut rester enfoui dans
l'égoïsme d'une existence qui garderait pour elle
seule les richesses d'un don si précieux. Quand un
homme a reçu le trésor d'une bonne éducation,
c'est sans doute pour l'aider à mieux diriger sa

conduite, à marcher plus sûrement vers sa véritable destinée; mais devrait-on tenir pour sage la conduite de l'homme éclairé qui se bornerait à bénéficier pour lui seul de la lumière, sans s'inquiéter de son frère moins heureux qui se trompe de chemin, parce que le ciel de sa vie est demeuré obscur?

Non, les dons de Dieu ne sont pas pour un seul: Ils obligent le privilégié qui les a reçus à des devoirs plus considérables. Ces dons demandent à s'étendre. Pas plus dans le monde des âmes que dans la nature, le rayon de lumière n'est donné pour l'unique jouissance de la créature qu'il enveloppe; sa destinée est de rejaillir. La fleur qui le reçoit, comme la sphère céleste qui s'y baigne, ne doivent pas se montrer avares et le retenir avec égoïsme. Il faut qu'il aille à d'autres, diminué peut-être dans le trajet qu'il aura parcouru, mais embelli par les charmes de la fleur qui le reflète ou par l'éclat de l'étoile qui chante sa gloire.

Le même sort devrait attendre la vérité dans le monde des intelligences.

Vous le voyez, mes frères, le bien d'une nation, l'ordre social, la nature elle-même qui nous en donne l'exemple, la religion qui l'a élevée à la hauteur de l'apostolat, tout dénote l'importance de l'instruction.

Du reste, si je voulais une preuve de plus du prix que Dieu attache à la question des écoles, la fête que l'Église célèbre, aujourd'hui même, en

fournirait une bien éclatante. La fête de saint Joseph est la consécration simple et sublime du devoir de l'éducation. C'est la fête du maître d'école
le plus admirable du plus admirable disciple.
Vous avez vu, dans vos classes, mes enfants,
cette bonne figure du juste éclairant de son regard
un enfant qui vous ressemble, qui dort sur son
sein, ou qui travaille avec soumission. Saint Joseph et Jésus-Christ !..... Qu'est-ce donc, si ce
n'est le principe de l'éducation et de l'enseignement pour tous divinisé ? Certes, le fils de Dieu
n'avait pas besoin de maître. Il possédait tous les
secrets de la science de Dieu et des hommes. Il
n'avait rien à apprendre. Mais afin de relever l'é-
cole dans l'esprit du monde, afin de proposer au
maître un grand exemple de douceur, de le couvrir
d'une majesté incomparable et de faire de ses
fonctions une sorte de sacerdoce ; afin de vous
laisser, à vous, un parfait modèle d'obéissance et
de travail, il se fait petit, élève, disciple ; et il pa-
raîtra croître en sagesse et en âge sous l'influence
de l'éducation qu'il recevra d'un simple ouvrier,
en l'appelant son maître et son père. Depuis, l'enfant le plus petit, le plus pauvre et le plus délaissé
est devenu sacré. Si le chrétien le rencontre sur
son chemin, privé du pain intellectuel de la vérité, il doit se souvenir, avec attendrissement, de
Joseph et de son élève divin. Il prendra alors avec
respect la main de cette créature chétive et igno-
rante; il la conduira à l'une de vos écoles, pour

établir en elle les solides espérances de l'avenir et la pénétrer de ces énergies morales qui forment un homme, qui en font non plus un être dangereux pour la société, mais sa force, sa défense et sa gloire.

II

L'importance de l'école fait pressentir la nécessité de l'influence religieuse qui doit s'exercer sur elle. L'école touche à la nature de l'enfant dans ses profondeurs les plus intimes. Elle s'adresse surtout à son intelligence. Mais il est impossible au maître d'isoler l'intelligence et le travail auquel il la soumet, du reste d'une nature si tendre, si une, si impressionnable. L'homme est un être parfaitement un. Vous agissez sur lui pendant de longs jours avec une autorité qui le domine, vous vous adressez directement à ce qu'il y a en lui de plus élevé, à sa pensée, à sa réflexion naissante; comment faire pour défendre à son cœur de s'émouvoir du même coup, à sa conscience de se réveiller sous une lumière plus pénétrante ou plus confuse? Comment prétendre que sa volonté, au contact d'un tel enseignement, ne se sentira pas fortifiée ou affaiblie? Et comment ses passions ne se trouveraient-elles point apaisées ou surexcitées par une éducation qui porte nécessairement avec elle la vérité ou l'erreur, le bien ou le mal, Dieu ou je ne sais quelles théories vagues et trompeuses ?

L'homme est ainsi fait. Toucher à son âme, à cet âge de la première communion où les impressions commencent à naître, où l'intelligence éclaire moins peut-être, parce que c'est le sentiment qui commande surtout; ah! cette tâche est délicate; c'est un devoir religieux. Vous agissez sur la conscience et sur le cœur, et par là, infailliblement, vous influerez sur l'existence entière d'une créature humaine et sur son immortelle destinée.

C'est ici un point philosophique que notre siècle ne doit pas oublier. L'homme est un être essentiellement un; il est aussi essentiellement religieux. Ce serait méconnaître étrangement sa nature que d'espérer agir sur elle par un de ses sommets, comme l'intelligence, sans y réveiller nécessairement Dieu, qui réside à l'intime de son être comme un germe qui doit devenir la force et l'honneur de la vie. Dieu y sommeille, et c'est à votre main délicate à venir remuer ce divin endormi et le contraindre doucement à se dresser dans ces jeunes âmes pour y prendre tous ses droits et préparer ainsi une existence d'homme et de chrétien.

Oui, l'homme est trop grand pour qu'un maître quelconque puisse le former en dehors de Dieu. C'est le diminuer et lui manquer de respect que d'imaginer une école en dehors de toute idée reli-

gieuse. La signature du Créateur est partout sur
ces charmantes natures. Sa majesté siége au fond
de leurs consciences, aussi bien que dans leurs
cœurs déjà tourmentés d'infini, et si l'esprit de
l'enfant répond à votre parole qui l'enseigne, c'est
parce que le verbe divin parle à l'intime de son
être et lui fait répondre : Je comprends, c'est vrai !

Aussi, l'école, qui est une formation souvent
douloureuse, doit-elle être présidée par la religion.
Je ne sais vraiment pas au nom de qui on pourrait
exiger de l'enfant ces petits sacrifices que les
hommes dédaignent trop vite. Ils oublient qu'à cet
âge ils les avaient souvent trouvés durs et presque
héroïques. Au nom de qui demander à l'enfant
qu'il se renferme dans une classe, qu'il travaille
tout le jour, qu'il obéisse, qu'il se laisse contra-
rier, corriger? Lui qui a plus besoin d'air et de
liberté que l'oiseau des champs ; lui qui déjà res-
sent la soif du plaisir et ce puissant attrait à faire
de son caprice la loi de ses actions ! Il y a, n'en
doutez pas, il y a des choses dans lesquelles
l'homme n'est jamais enfant. Tout être humain qui
travaille, qui lutte et qui pleure est infiniment
respectable. Devant cette créature destinée au
bonheur, personne n'a le droit de passer indiffé-
rent, si elle se plaint de souffrir, et je ne reconnais
à personne le droit de dire avec dédain : Ce n'est
qu'un enfant qui pleure.

Le Christianisme pense qu'une goutte de sueur
qui tombe d'un front d'homme, ou une larme de

ses yeux est chose si grande qu'on ne peut l'exiger même d'un enfant qu'au nom d'une seule autorité et d'un seul amour. Quelque respectable que soit le nom de la famille ou celui de la patrie, ces noms sacrés ne suffisent pas. Ce sera au seul nom de Dieu que l'éducateur chrétien demandera à l'enfant l'effort sur lui-même, le travail et les sacrifices qui le prépareront aux devoirs de la famille et à l'amour si grand de son pays.

Telle est l'éducation chrétienne. Qu'elle est grande! A quelle hauteur elle élève l'enfant! Elle dépose dans son intelligence toutes les vérités qui fécondèrent le génie de Bossuet, animèrent l'âme de Fénelon et produisirent, qu'on ne l'oublie jamais, les vertus de saint Vincent de Paul. Elle lui communique l'esprit, la force, la vie de la société qui forma ces grands hommes, en même temps qu'elle le prépare pour une société plus parfaite encore.

C'est pourquoi, au-dessus du maître, apparaîtra cet autre maître qui enseigne si éloquemment: le Crucifix. De cette figure sublime du sacrifice descendra, comme d'une chaire élevée, l'enseignement de vérité et de morale que tous comprennent. Dans les sévères solennités de la justice humaine, le Christ préside au-dessus du juge pour lui rappeler l'inviolabilité de la conscience et la suprême justice qui révisera ses conclusions, comme aussi pour révéler au coupable la miséricorde que Dieu a jetée dans l'expiation. A l'école, il prêchera au maître la patience et le plus sublime dévouement. A l'enfant qui manquerait de courage et qui serait tenté de révolte, on devra le lui montrer et lui dire : Regarde-le; c'est ton modèle et ton premier maître. A-t-il manqué de courage, lui? S'est-il révolté?... Résigne-toi donc, toi, son humble créature, aux rigueurs de la discipline et de la formation; deviens un homme, par amour pour lui.

Toute instruction, Messieurs, doit se proposer comme but unique : la formation de l'homme, c'est-à-dire la création d'un caractère viril, bien trempé, capable des grands devoirs de la vie, et assez vigoureux pour en supporter, sans faillir, les duretés et les épreuves. On n'est un homme qu'à cette condition. Et il n'y a d'éducation vraiment réussie que celle qui donne au pays un homme de plus.

Or l'unique et indispensable moyen qui peut former un tel caractère, c'est la loi et le procédé du sacrifice. L'homme vient en ce monde avec l'égoïsme au fond de sa nature déchue. Ce mal est si profond et si invétéré qu'il faut renoncer à le guérir en dehors des ressources supérieures à l'homme lui-même. La religion seule peut y porter remède en révélant le secret de l'abnégation, et en inspirant en même temps (car son instruction est toujours pratique) la force nécessaire qui soulèvera le cœur humain au-dessus de lui-même.

Et alors l'œuvre est complète. Elle se montre religieuse autant que nationale. L'école devient un espèce de creuset que de jeunes générations tra-

versent en se laissant dépouiller de tout alliage ;
c'est un or bien pur qui, chaque année, doit dé-
couler de l'école et venir, comme un sang nouveau, gonfler les artères d'un peuple et y injecter
de la vigueur, de la vie, une chaleur et une géné-
rosité toujours renaissantes.

Quand une grande nation se sent tout à coup
appauvrie, elle peut dire, comme un malade : Je
n'ai plus de sang, je me sens faible, je n'ai plus
d'hommes. Et alors elle jette les yeux, avec anxiété,
du côté des écoles. Elle inspire à de grandes âmes
d'en faire surgir partout. C'est de là que sortira le
remède, le sang nouveau, l'espoir de Dieu et de la
patrie. L'Église et la France attendent de vous,
Messieurs, ce bienheureux résultat. Soyez bénis
dans votre noble entreprise. Formez de grands ci-
toyens en formant des caractères calqués sur
l'Évangile. Croyez bien qu'il n'y a pas une œuvre
plus grande que celle d'aider Dieu à créer des
hommes qui répareront le passé et rendront la
France à sa glorieuse mission.